ISBN : 978-2-211-01965-1

© 1963, by Maurice Sendak
© 1967, Delpire éditeur, Paris, pour l'édition en langue française
Titre original : « Where the wild things are » (Harper & Row, New York, 1963)
Loi numéro 49 956 du 16 juillet 1949 sur les publications destinées à la jeunesse : septembre 1990
Dépôt légal : juillet 2010
Imprimé en France par Mame Imprimeurs à Tours

Max et les Maximonstres

MAX ET LES MAXIMONSTRES

Maurice Sendak

l'école des loisirs
11, rue de Sèvres, Paris 6ᵉ

Un soir,
Max enfila
son costume de loup.
Il fit une bêtise,
et puis une autre…

et puis une autre…

« Monstre », lui dit sa mère.
« Je vais te manger »,
répondit Max
et il se retrouva au lit
sans rien avoir mangé
du tout.

Ce soir-là,
une forêt poussa dans
la chambre de Max.

D'abord un arbre,
puis deux,
puis trois,

des lianes
qui pendaient du plafond,
et au lieu des murs,
des arbres à perte de vue.

Un océan gronda,
il portait un bateau
qui attendait Max.
Alors Max fit voile ;
il navigua nuit et jour,

il navigua
pendant des semaines,
il navigua plus d'un an
pour arriver au pays
des Maximonstres.

Les Maximonstres roulaient
des yeux terribles,
ils poussaient de terribles cris,

ils faisaient grincer leurs terribles crocs
et ils dressaient vers Max
leurs terribles griffes.

« Silence »,
dit simplement Max.
Il les fixait, tranquille,

droit dans leurs yeux jaunes ;
pas un seul de ses cils
ne bougeait.

« Vous êtes terrible,
vous êtes notre roi. »

« Nous allons faire une fête épouvantable »,
déclara le roi Max.

« Ça suffit »,
dit Max brusquement.
« Vous irez au lit sans souper. »
Max, roi des Maximonstres, resta seul.
Une envie lui vint d'être aimé,
d'être aimé terriblement.

De loin, très loin,
du bout du monde,
lui venaient des odeurs
de choses bonnes à manger.
Max renonça à être roi
des Maximonstres.

«Ne partez pas,
ne nous abandonnez pas.
Nous vous aimons terriblement,
nous vous mangerons.»
«Non», dit seulement Max.

Les Maximonstres roulaient
des yeux terribles,
ils poussaient de terribles cris,
ils faisaient grincer leurs terribles crocs
et dressaient vers Max leurs terribles griffes.
Du bateau qui portait son nom,
Max leur fit un petit salut.

Il fit voile à nouveau.
Il vogua le matin
et il vogua le soir,
les jours étaient
comme des semaines
et les semaines
comme des mois

mais au bout d'un an
et un jour
il accosta enfin
en pleine nuit,
dans sa propre chambre,
où il trouva son dîner
qui l'attendait.

- tout chaud -